A VIA CRUCIS DO CORPO

clarice

lispector

A VIA CRUCIS DO CORPO

POSFÁCIO DE
LICIA MANZO

ROCCO

Copyright © 2019 *by* Paulo Gurgel Valente

Texto posfácio de Licia Manzo

Direitos desta edição reservados à
EDITORA ROCCO LTDA.
Rua Evaristo da Veiga, 65 – 11º andar
Passeio Corporate – Torre 1
20031-040 – Rio de Janeiro, RJ
Tel.: (21) 3525-2000 – Fax: (21) 3525-2001
rocco@rocco.com.br | www.rocco.com.br

Printed in Brazil/Impresso no Brasil

Preparação de originais
Pedro Karp Vasquez

Projeto gráfico
Victor Burton e Anderson Junqueira

CIP-Brasil. Catalogação na publicação.
Sindicato Nacional dos Editores de Livros, RJ.

L753v	Lispector, Clarice, 1920-1977
	A via crucis do corpo / Clarice Lispector.
	– 1. ed. - Rio de Janeiro: Rocco, 2020.
	"Inclui posfácio"
	ISBN 978-65-5532-036-7
	ISBN 978-65-5595-024-3 (e-book)
	1. Contos brasileiros. I. Título.

20-66179	CDD-869.3
	CDU-82-34(81)

Meri Gleice Rodrigues de Souza – Bibliotecária CRB-7/6439

O texto deste livro obedece às normas
do Acordo Ortográfico da Língua Portuguesa.

Impressão e Acabamento: Gráfica Santa Marta.

Explicação
9

Miss Algrave
12

O corpo
20

Via crucis
28

O homem que apareceu
33

Ele me bebeu
39

Por enquanto
43

Dia após dia
46

Ruído de passos
51

Antes da ponte Rio-Niterói
53

Praça Mauá
57

A língua do "p"
62

Melhor do que arder
66

Mas vai chover
69

Posfácio
73

"A minha alma está quebrantada pelo teu desejo."
(Salmos 119:12)

"Eu, que entendo o corpo. E suas cruéis exigências. Sempre conheci o corpo. O seu vórtice estonteante. O corpo grave."
(Personagem meu ainda sem nome)

"Por essas cousas eu ando chorando. Os meus olhos destilam águas."
(Lamentações de Jeremias)

"E bendiga toda a carne o seu santo nome para todo o sempre."
(Salmo de David)

"Quem viu jamais vida amorosa que não a visse afogada nas lágrimas do desastre ou do arrependimento?"
(Não sei de quem é)

EXPLICAÇÃO

O poeta Álvaro Pacheco, meu editor na Artenova, me encomendou três histórias que, disse ele, realmente aconteceram. Os fatos eu tinha, faltava a imaginação. E era assunto perigoso. Respondi-lhe que não sabia fazer história de encomenda. Mas – enquanto ele me falava ao telefone – eu já sentia nascer em mim a inspiração. A conversa telefônica foi na sexta-feira. Comecei no sábado. No domingo de manhã as três histórias estavam prontas: "Miss Algrave", "O Corpo" e "Via Crucis". Eu mesma espantada. Todas as histórias deste livro são contundentes. E quem mais sofreu fui eu mesma. Fiquei chocada com a realidade. Se há indecências nas histórias a culpa não é minha. Inútil dizer que não aconteceram comigo, com minha família e com meus amigos. Como é que sei? Sabendo. Artistas sabem de coisas. Quero apenas avisar que não escrevo por dinheiro e sim por impulso. Vão me jogar pedras. Pouco importa. Não sou de brincadeiras, sou mulher séria. Além do mais tratava-se de um desafio.

Hoje é dia 12 de maio, Dia das Mães. Não fazia sentido escrever nesse dia histórias que eu não queria que meus filhos lessem porque eu teria vergonha. Então disse ao editor: só publico sob pseudônimo. Até já tinha escolhido um nome bastante simpático: Cláudio Lemos. Mas ele não aceitou. Disse que eu devia ter liberdade de escrever o que quisesse. Sucumbi. Que podia fazer? senão ser a vítima de mim mesma. Só peço a Deus que ninguém me encomende mais nada. Porque, ao que parece, sou capaz de revoltadamente obedecer, eu a inliberta.

Uma pessoa leu meus contos e disse que aquilo não era literatura, era lixo. Concordo. Mas há hora para tudo. Há também a hora do lixo. Este livro é um pouco triste porque eu descobri, como criança boba, que este é um mundo cão.

É um livro de treze histórias. Mas podia ser de quatorze. Eu não quero. Porque estaria desrespeitando a confidência de um homem simples que me contou a sua vida. Ele é charreteiro numa fazenda. E disse-me: para não derramar sangue, separei-me de minha mulher, ela se desencaminhou e desencaminhou minha filha de dezesseis anos. Ele tem um filho de dezoito anos que nem quer ouvir falar no nome da própria mãe. E assim são as coisas.

C.L.

P.S. – "O homem que apareceu" e "Por enquanto" também foram escritos no mesmo domingo maldito. Hoje, 13 de maio, segunda-feira, dia da libertação dos escravos – portanto da minha também – escrevi "Danúbio Azul", "A língua do 'p'" e "Praça Mauá". "Ruído de passos" foi escrito dias depois numa fazenda, no escuro da grande noite.

Já tentei olhar bem de perto o rosto de uma pessoa – uma bilheteira de cinema. Para saber do segredo de sua vida. Inútil. A outra pessoa é um enigma. E seus olhos são de estátua: cegos.

MISS ALGRAVE

ela era sujeita a julgamento. Por isso não contou nada a ninguém. Se contasse, não acreditariam porque não acreditavam na realidade. Mas ela, que morava em Londres, onde os fantasmas existem nos becos escuros, sabia da verdade.

Seu dia, sexta-feira, fora igual aos outros. Só aconteceu sábado de noite. Mas na sexta fez tudo igual como sempre. Embora a atormentasse uma lembrança horrível: quando era pequena, com uns sete anos de idade, brincava de marido e mulher com seu primo Jack, na cama grande da vovó. E ambos faziam tudo para ter filhinhos sem conseguir. Nunca mais vira Jack nem queria vê-lo. Se era culpada, ele também o era.

Solteira, é claro, virgem, é claro. Morava sozinha numa cobertura em Soho. Nesse dia tinha feito suas compras de comida: legumes e frutas. Porque comer carne ela considerava pecado.

Quando passava pelo Picadilly Circus e via as mulheres esperando homens nas esquinas, só faltava vomitar. Ainda mais por dinheiro! Era demais para se suportar. E aquela estátua de Eros, ali, indecente.

Foi depois do almoço ao trabalho: era datilógrafa perfeita. Seu chefe nunca olhava para ela e tratava-a felizmente com respeito, chamando-a de Miss Algrave. Seu primeiro nome era Ruth. E descendia de irlandeses. Era ruiva, usava os cabelos enrolados na nuca em coque severo. Tinha muitas sardas e pele tão clara e fina que parecia uma seda branca. Os cílios também eram ruivos. Era uma mulher bonita.

Orgulhava-se muito de seu físico: cheia de corpo e alta. Mas nunca ninguém havia tocado nos seus seios.

Costumava jantar num restaurante barato em Soho mesmo. Comia macarrão com molho de tomate. E nunca entrara num *pub*: nauseava-a o cheiro de álcool, quando passava por um. Sentia-se ofendida pela humanidade.

Cultivava gerânios vermelhos que eram uma glória na primavera. Seu pai fora pastor protestante e a mãe ainda morava em Dublin com o filho casado. Seu irmão era casado com uma verdadeira cadela chamada Tootzi.

De vez em quando Miss Algrave escrevia uma carta de protesto para o *The Times*. E eles publicavam. Via com muito gosto o seu nome: sincerely Ruth Algrave.

Tomava banho só uma vez por semana, no sábado. Para não ver o seu corpo nu, não tirava nem as calcinhas nem o sutiã.

No dia em que aconteceu era sábado e não tinha portanto trabalho. Acordou muito cedo e tomou chá de jasmim. Depois rezou. Depois saiu para tomar ar.

Perto do Savoy Hotel quase foi atropelada. Se isso acontecesse e ela morresse teria sido horrível porque nada lhe aconteceria de noite.

Foi ao ensaio do canto coral. Tinha voz maviosa. Sim, era uma pessoa privilegiada.

Depois foi almoçar e permitiu-se comer camarão: estava tão bom que até parecia pecado.

Então dirigiu-se ao Hyde Park e sentou-se na grama. Levara uma Bíblia para ler. Mas – que Deus a perdoasse – o sol estava tão guerrilheiro, tão bom, tão quente, que não leu nada, ficou só sentada no chão sem coragem de se deitar. Procurou não olhar os casais que se beijavam e se acariciavam sem a menor vergonha.

Depois foi para casa, regou as begônias e tomou banho. Então visitou Mrs. Cabot que tinha noventa e sete anos. Levou-lhe um pedaço de bolo com passas e tomaram chá. Miss Algrave sentia-se muito feliz, embora... Bem, embora.

Às sete horas voltou para casa. Nada tinha a fazer. Então tricotou uma suéter para o inverno. De cor esplendorosa: amarela como o sol.

Antes de dormir tomou mais chá de jasmim com biscoitos, escovou os dentes, mudou de roupa e meteu-se na cama. Suas cortinas de gaze ela mesma fizera e pendurara.

Era maio. As cortinas se balançavam à brisa dessa noite tão singular. Singular por quê? Não sabia.

Leu um pouco o jornal da manhã e fechou a luz da cabeceira. Pela janela aberta via o luar. Era noite de lua cheia.

Suspirou muito porque era difícil viver só. A solidão a esmagava. Terrível não ter uma só pessoa para conversar. Era a criatura mais solitária que conhecia. Até Mrs. Cabot tinha um gato. Ruth Algrave não tinha bicho nenhum: eram bestiais demais para o seu gosto. Nem tinha televisão. Por dois motivos: faltava-lhe dinheiro e não queria ficar vendo as imoralidades que apareciam na tela. Na televisão de Mrs. Cabot vira um homem beijando uma mulher na boca. E isso sem falar no perigo da transmissão de micróbios. Ah, se pudesse escreveria todos os dias uma carta de protesto para o *The Times*. Mas não adiantava protestar, ao que parecia. A falta de vergonha estava no ar. Até já vira um cachorro com uma cadela. Ficou impressionada. Mas se assim Deus queria, que então assim fosse. Mas ninguém a tocaria jamais, pensou. Ficava curtindo a solidão.

Até as crianças eram imorais. Evitava-as. E lamentava muito ter nascido da incontinência de seu pai e de sua mãe. Sentia pudor deles não terem tido pudor.

Como deixava arroz cru na janela, os pombos vinham visitá-la. Às vezes entravam-lhe no quarto. Eram enviados por Deus. Tão inocentes. Arrulhando. Mas era meio imoral o arrulho deles, embora menos do que ver mulher quase nua na televisão. Ia amanhã sem falta escrever uma carta protestando contra os maus costumes daquela cidade maldita que era Londres. Chegara uma vez a ver uma fila de viciados junto de uma farmácia, esperando a vez de tomarem uma aplicação. Como é que a Rainha permitia? Mistério. Escreveria mais uma carta denunciando a própria Rainha. Escrevia bem, sem erros de gramática e batia as cartas na máquina do escritório quando tinha um instante de folga. Mr. Clairson, seu chefe, elogiava muito as suas cartas publicadas. Até dissera que ela poderia um dia vir a ser escritora. Ficara orgulhosa e agradecera muito.

Estava assim deitada na cama com a sua solidão. O embora.

Foi então que aconteceu.

Sentiu que pela janela entrava uma coisa que não era um pombo. Teve medo. Falou bem alto:

– Quem é?

E a resposta veio em forma de vento:

– Eu sou um eu.

– Quem é você? perguntou trêmula.

– Vim de Saturno para amar você.

– Mas eu não estou vendo ninguém! gritou.

– O que importa é que você está me sentindo.

E sentia-o mesmo. Teve um *frisson* eletrônico.

– Como é que você se chama? perguntou com medo.

– Pouco importa.

– Mas quero chamar seu nome!

– Chame-me de Ixtlan.

Eles se entendiam em sânscrito. Seu contato era frio como o de uma lagartixa, dava-lhe calafrios. Ixtlan tinha sobre a cabeça uma coroa de cobras entrelaçadas, mansas pelo terror de poder morrer. O manto que cobria o seu corpo era da mais sofrida cor roxa, era ouro mau e púrpura coagulada.

Ele disse:

– Tire a roupa.

Ela tirou a camisola. A lua estava enorme dentro do quarto. Ixtlan era branco e pequeno. Deitou-se ao seu lado na cama de ferro. E passou as mãos pelos seus seios. Rosas negras.

Ela nunca tinha sentido o que sentiu. Era bom demais. Tinha medo que acabasse. Era como se um aleijado jogasse no ar o seu cajado.

Começou a suspirar e disse para Ixtlan:

– Eu te amo, meu amor! meu grande amor!

E – é, sim. Aconteceu. Ela queria que não acabasse nunca. Como era bom, meu Deus. Tinha vontade de mais, mais e mais.

Ela pensava: aceitai-me! Ou então: "Eu me vos oferto." Era o domínio do "aqui e agora".

Perguntou-lhe: quando é que você volta?

Ixtlan respondeu:

– Na próxima lua cheia.

– Mas eu não posso esperar tanto!

– É o jeito, disse ele até friamente.

– Vou ficar esperando bebê?

– Não.

– Mas vou morrer de saudade de você! como é que eu faço?

– Use-se.

Ele se levantou, beijou-a castamente na testa. E saiu pela janela.

Começou a chorar baixinho. Parecia um triste violino sem arco. A prova de que tudo isso acontecera mesmo era o lençol manchado de sangue. Guardou-o sem lavá-lo e poderia mostrá-lo a quem não acreditasse nela.

Viu a madrugada nascer toda cor-de-rosa. No *fog* os primeiros passarinhos começavam a pipilar com doçura, ainda sem alvoroço.

Deus iluminava seu corpo.

Mas, como uma baronesa Von Blich, nostalgicamente recostada no dossel de cetim de seu leito, fingiu tocar a campainha para chamar o mordomo que lhe traria café quente, forte, forte.

Ela o amava e ia esperar ardentemente pela nova lua cheia. Não quis tomar banho para não tirar de si o gosto de Ixtlan. Com ele não fora pecado e sim uma delícia. Não queria mais escrever nenhuma carta de protesto: não protestava mais.

E não foi à igreja. Era mulher realizada. Tinha marido.

Então, no domingo, na hora do almoço, comeu *filet mignon* com purê de batata. A carne sangrenta era ótima.

E tomou vinho tinto italiano. Era mesmo privilegiada. Fora escolhida por um ser de Saturno.

Tinha lhe perguntado por que a havia escolhido. Ele dissera que era por ela ser ruiva e virgem. Sentia-se bestial. Não tinha mais nojo de bichos. Eles que se amassem, era a melhor coisa do mundo. E ela esperaria por Ixtlan. Ele voltaria: eu sei, eu sei, eu sei, pensava ela. Também não tinha mais repulsa pelos casais do Hyde Park. Sabia como eles se sentiam.

Como era bom viver. Como era bom comer carne sangrenta. Como era bom tomar vinho italiano bem adstringente, meio amargando e restringindo a língua.

Era agora imprópria para menores de dezoito anos. E se deleitava, babava-se de gosto nisso.

Como era domingo, foi ao canto coral. Cantou melhor do que nunca e não se surpreendeu quando a escolheram para solista. Cantou a sua aleluia. Assim: Aleluia! Aleluia! Aleluia!

Depois foi ao Hyde Park e deitou-se na grama quente, abriu um pouco as pernas para o sol entrar. Ser mulher era uma coisa soberba. Só quem era mulher sabia. Mas pensou: será que vou ter que pagar um preço muito caro pela minha felicidade? Não se incomodava. Pagaria tudo o que tivesse de pagar. Sempre pagara e sempre fora infeliz. E agora acabara-se a infelicidade. Ixtlan! Volte logo! Não posso mais esperar! Venha! Venha! Venha!

Pensou: será que ele gostara de mim porque sou um pouco estrábica? Na próxima lua cheia perguntaria a ele. Se fosse por isso, não tinha dúvida: forçaria a mão e se tornaria completamente vesga. Ixtlan, tudo o que você quiser que eu faça, eu faço. Só que morria de saudade. Volte, my love.

Sim. Mas fez uma coisa que era traição. Ixtlan a compreenderia e perdoaria. Afinal de contas, a pessoa tinha que dar um jeito, não tinha?

Foi o seguinte: não aguentando mais, encaminhou-se para o Picadilly Circus e achegou-se a um homem cabeludo. Levou-o ao seu quarto. Disse-lhe que não precisava pagar. Mas ele fez questão e antes de ir embora deixou na mesa de cabeceira uma libra inteira! Bem que estava precisada de dinheiro. Ficou furiosa, porém, quando ele não quis acreditar na sua história. Mostrou-lhe, quase até o seu nariz, o lençol manchado de sangue. Ele riu-se dela.

Na segunda-feira de manhã resolveu-se: não ia mais trabalhar como datilógrafa, tinha outros dons. Mr. Clairson que se danasse. Ia era ficar mesmo nas ruas e levar homens para o quarto. Como era boa de cama, pagar-lhe-iam muito bem. Poderia beber vinho italiano todos os dias. Tinha vontade de comprar um vestido bem vermelho com o dinheiro que o cabeludo lhe deixara. Soltara os cabelos bastos que eram uma beleza de ruivos. Ela parecia um uivo.

Aprendera que valia muito. Se Mr. Clairson, o sonso, quisesse que ela trabalhasse para ele, teria que ser de outro bom modo.

Antes compraria o vestido vermelho decotado e depois iria ao escritório chegando de propósito, pela primeira vez na vida, bem atrasada. E falaria assim com o chefe:

– Chega de datilografia! Você que não me venha com uma de sonso! Quer saber de uma coisa? deite-se comigo na cama, seu desgraçado! e tem mais: me pague um salário alto por mês, seu sovina!

Tinha certeza de que ele aceitaria. Era casado com uma mulher pálida e insignificante, a Joan, e tinha uma filha anêmica, a Lucy. Vai é se deliciar comigo, o filho de uma cadela.

E quando chegasse a lua cheia – tomaria um banho purificador de todos os homens para estar pronta para o festim com Ixtlan.

O CORPO

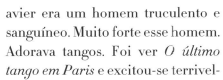

Xavier era um homem truculento e sanguíneo. Muito forte esse homem. Adorava tangos. Foi ver *O último tango em Paris* e excitou-se terrivelmente. Não compreendeu o filme: achava que se tratava de filme de sexo. Não descobriu que aquela era a história de um homem desesperado.

Na noite em que viu *O último tango em Paris* foram os três para cama: Xavier, Carmem e Beatriz. Todo o mundo sabia que Xavier era bígamo: vivia com duas mulheres.

Cada noite era uma. Às vezes duas vezes por noite. A que sobrava ficava assistindo. Uma não tinha ciúme da outra.

Beatriz comia que não era vida: era gorda e enxundiosa. Já Carmem era alta e magra.

A noite do último tango em Paris foi memorável para os três. De madrugada estavam exaustos. Mas Carmem se levantou de manhã, preparou um lautíssimo desjejum – com gordas colheres de grosso creme de leite – e levou-o para Beatriz e Xavier. Estava estremunhada. Precisou tomar um banho de chuveiro gelado para se pôr em forma de novo.

Nesse dia – domingo – almoçaram às três horas da tarde. Quem cozinhou foi Beatriz, a gorda. Xavier bebeu vinho francês. E comeu sozinho um frango inteiro. As duas comeram o outro frango. Os frangos eram recheados de farofa de passas e ameixas, tudo úmido e bom.

Às seis horas da tarde foram os três para a igreja. Pareciam um bolero. O bolero de Ravel.

E de noite ficaram em casa vendo televisão e comendo. Nessa noite não aconteceu nada: os três estavam muito cansados.

E assim era, dia após dia.

Xavier trabalhava muito para sustentar as duas e a si mesmo, as grandes comidas. E às vezes enganava a ambas com uma prostituta ótima. Mas nada contava em casa pois não era doido.

Passavam-se dias, meses, anos. Ninguém morria. Xavier tinha quarenta e sete anos. Carmem tinha trinta e nove. E Beatriz já completara os cinquenta.

A vida lhes era boa. Às vezes Carmem e Beatriz saíam a fim de comprar camisolas cheias de sexo. E comprar perfume. Carmem era mais elegante. Beatriz, com suas banhas, escolhia biquíni e um sutiã mínimo para os enormes seios que tinha.

Um dia Xavier só chegou de noite bem tarde: as duas desesperadas. Mal sabiam que ele estava com a sua prostituta. Os três na verdade eram quatro, como os três mosqueteiros.

Xavier chegou com uma fome que não acabava mais. E abriu uma garrafa de champanha. Estava em pleno vigor. Conversou animadamente com as duas, contou-lhes que a indústria farmacêutica que lhe pertencia ia bem de finanças. E propôs às duas irem os três a Montevidéu, para um hotel de luxo.

Foi uma tal azáfama a preparação das três malas.

Carmem levou toda a sua complicada maquilagem. Beatriz saiu e comprou uma minissaia. Foram de avião. Sentaram-se em banco de três lugares: ele no meio das duas.

Em Montevidéu compraram tudo o que quiseram. Inclusive uma máquina de costura para Beatriz e uma máquina de escrever que Carmem quis para aprender a manipulá-la. Na verdade não precisava de nada, era uma pobre desgraçada. Mantinha um diário: anotava nas páginas do grosso caderno encadernado de vermelho as datas em que Xavier a procurava. Dava o diário a Beatriz para ler.

Em Montevidéu compraram um livro de receitas culinárias. Só que era em francês e elas nada entendiam. As palavras mais pareciam palavrões.

Então compraram um receituário em castelhano. E se esmeraram nos molhos e nas sopas. Aprenderam a fazer rosbife. Xavier engordou três quilos e sua força de touro acresceu-se.

Às vezes as duas se deitavam na cama. Longo era o dia. E, apesar de não serem homossexuais, se excitavam uma à outra e faziam amor. Amor triste.

Um dia contaram esse fato a Xavier.

Xavier vibrou. E quis que nessa noite as duas se amassem na frente dele. Mas, assim encomendado, terminou tudo em nada. As duas choraram e Xavier encolerizou-se danadamente.

Durante três dias ele não disse nenhuma palavra às duas.

Mas, nesse intervalo, e sem encomenda, as duas foram para a cama e com sucesso.

Ao teatro os três não iam. Preferiam ver televisão. Ou jantar fora.

Xavier comia com maus modos: pegava a comida com as mãos, fazia muito barulho para mastigar, além de comer com a boca aberta. Carmem, que era mais fina, ficava com nojo e vergonha. Sem-vergonha mesmo era Beatriz que até nua andava pela casa.

Não se sabe como começou. Mas começou.

Um dia Xavier veio do trabalho com marcas de batom na camisa. Não pôde negar que estivera com a sua prostituta preferida. Carmem e Beatriz pegaram cada uma um pedaço de pau e correram pela casa toda atrás de Xavier. Este corria feito um desesperado, gritando: perdão! perdão! perdão!

As duas, também cansadas, afinal deixaram de persegui-lo.

Às três horas da manhã Xavier teve vontade de ter mulher. Chamou Beatriz porque ela era menos rancorosa. Beatriz, mole e cansada, prestou-se aos desejos do homem que parecia um super-homem.

Mas no dia seguinte avisaram-lhe que não cozinhariam mais para ele. Que se arranjasse com a terceira mulher.

As duas de vez em quando choravam e Beatriz preparou para ambas uma salada de batata com maionese.

De tarde foram ao cinema. Jantaram fora e só voltaram para casa à meia-noite. Encontrando um Xavier abatido, triste e com fome. Ele tentou explicar:

– É porque às vezes tenho vontade durante o dia!

– Então, disse-lhe Carmem, então por que não volta para casa?

Ele prometeu que assim faria. E chorou. Quando chorou, Carmem e Beatriz ficaram de coração partido. Nessa noite as duas fizeram amor na sua frente e ele roeu-se de inveja.

Como é que começou o desejo de vingança? As duas cada vez mais amigas e desprezando-o.

Ele não cumpriu a promessa e procurou a prostituta. Esta excitava-o porque dizia muito palavrão. E chamava-o de filho da puta. Ele aceitava tudo.

Até que veio um certo dia.

Ou melhor, uma noite. Xavier dormia placidamente como um bom cidadão que era. As duas ficaram sentadas junto de uma mesa, pensativas. Cada uma pensava na infância perdida. E pensaram na morte. Carmem disse:

– Um dia nós três morreremos.

Beatriz retrucou:

– E à toa.

Tinham que esperar pacientemente pelo dia em que fechariam os olhos para sempre. E Xavier? O que fariam com Xavier? Este parecia uma criança dormindo.

– Vamos esperar que Xavier morra de morte morrida? perguntou Beatriz.

Carmem pensou, pensou e disse:

– Acho que devemos as duas dar um jeito.

– Que jeito?

– Ainda não sei.

– Mas temos que resolver.

– Pode deixar por minha conta, eu sei o que faço.

E nada de fazerem nada. Daqui a pouco seria madrugada e nada teria acontecido. Carmem fez para as duas um café bem forte. E comeram chocolate até à náusea. E nada, nada mesmo.

Ligaram o rádio de pilha e ouviram uma lancinante música de Schubert. Era piano puro. Carmem disse:

– Tem que ser hoje.

Carmem liderava e Beatriz obedecia. Era uma noite especial: cheia de estrelas que as olhavam faiscantes e tranquilas. Que silêncio. Mas que silêncio. Foram as duas para perto de Xavier para ver se se inspiravam. Xavier roncava. Carmem realmente inspirou-se.

Disse para Beatriz:

– Na cozinha há dois facões.

– E daí?

– E daí nós somos duas e temos dois facões.

– E daí?

– E daí, sua burra, nós duas temos armas e poderemos fazer o que precisamos fazer. Deus manda.

– Não é melhor não falar em Deus nessa hora?

– Você quer que eu fale no Diabo? Não, falo em Deus que é dono de tudo. Do espaço e do tempo.

Então foram à cozinha. Os dois facões eram amolados, de fino aço polido. Teriam força?

Teriam, sim.

Foram armadas. O quarto estava escuro. Elas faquejaram erradamente, apunhalando o cobertor. Era noite fria. Então conseguiram distinguir o corpo adormecido de Xavier.

O rico sangue de Xavier escorria pela cama, pelo chão, um desperdício.

Carmem e Beatriz sentaram-se junto à mesa da sala de jantar, sob a luz amarela da lâmpada nua, estavam exaustas. Matar requer força. Força humana. Força divina. As duas estavam suadas, mudas, abatidas. Se tivessem podido, não teriam matado o seu grande amor.

E agora? Agora tinham que se desfazer do corpo. O corpo era grande. O corpo pesava.

Então as duas foram ao jardim e com auxílio de duas pás abriram no chão uma cova.

E, no escuro da noite – carregaram o corpo pelo jardim afora. Era difícil porque Xavier morto parecia pesar mais do que quando vivo, pois escapara-lhe o espírito. Enquanto o carregavam, gemiam de cansaço e de dor. Beatriz chorava.

Puseram o grande corpo dentro da cova, cobriram-na com a terra úmida e cheirosa do jardim, terra de bom plantio. Depois entraram em casa, fizeram de novo café, e revigoraram-se um pouco.

Beatriz, muito romântica que era – vivia lendo fotonovelas onde acontecia amor contrariado ou perdido – Beatriz teve a ideia de plantarem rosas naquela terra fértil.

Então foram de novo ao jardim, pegaram uma muda de rosas vermelhas e plantaram-na na sepultura do pranteado Xavier. Amanhecia. O jardim orvalhado. O orvalho era uma bênção ao assassinato. Assim elas pensaram, sentadas no banco branco que lá havia.

Passaram-se dias. As duas mulheres compraram vestidos pretos. E mal comiam. Quando anoitecia a tristeza caía sobre elas. Não tinham mais gosto de cozinhar. De raiva, Carmem, a colérica, rasgou o livro de receitas em francês. Guardou o castelhano: nunca sabia se ainda não seria necessário.

Beatriz passou a ocupar-se da cozinha. Ambas comiam e bebiam em silêncio. O pé de rosas vermelhas parecia ter pegado. Boa mão de plantio, boa terra próspera. Tudo resolvido.

E assim ficaria encerrado o problema.

Mas acontece que o secretário de Xavier estranhou a longa ausência. Havia papéis urgentes a assinar. Como a casa de Xavier não tinha telefone, foi até lá. A casa parecia banhada de *mala suerte.* As duas mulheres disseram-lhe que Xavier viajara, que fora a Montevidéu. O secretário não acreditou muito mas pareceu engolir a história.

Na semana seguinte o secretário foi à Polícia. Com Polícia não se brinca. Antes os policiais não quiseram dar crédito à história. Mas, diante da insistência do secretário, resolveram preguiçosamente dar ordem de busca na casa do polígamo. Tudo em vão: nada de Xavier.

Então Carmem falou assim:

– Xavier está no jardim.

– No jardim? fazendo o quê?

– Só Deus sabe o quê.

– Mas nós não vimos nada nem ninguém.

Foram ao jardim: Carmem, Beatriz, o secretário de nome Alberto, dois policiais, e mais dois homens que não se sabia quem eram. Sete pessoas. Então Beatriz, sem uma lágrima nos olhos, mostrou-lhes a cova florida. Três homens abriram a cova, destroçando o pé de rosas que sofriam à toa a brutalidade humana.

E viram Xavier. Estava horrível, deformado, já meio roído, de olhos abertos.

– E agora? disse um dos policiais.

– E agora é prender as duas mulheres.

– Mas, disse Carmem, que seja numa mesma cela.

– Olhe, disse um dos policiais diante do secretário atônito, o melhor é fingir que nada aconteceu senão vai dar muito barulho, muito papel escrito, muita falação.

– Vocês duas, disse o outro policial, arrumem as malas e vão viver em Montevidéu. Não nos deem maior amolação.

As duas disseram: muito obrigada.

E Xavier não disse nada. Nada havia mesmo a dizer.

VIA CRUCIS

maria das Dores se assustou. Mas se assustou de fato.

Começou pela menstruação que não veio. Isso a surpreendeu porque ela era muito regular.

Passaram-se mais de dois meses e nada. Foi a uma ginecologista. Esta diagnosticou uma evidente gravidez.

– Não pode ser! gritou Maria das Dores.

– Por quê? a senhora não é casada?

– Sou, mas sou virgem, meu marido nunca me tocou. Primeiro porque ele é homem paciente, segundo porque já é meio impotente.

A ginecologista tentou argumentar:

– Quem sabe se a senhora em alguma noite...

– Nunca! mas nunca mesmo!

– Então, concluiu a ginecologista, não sei como explicar. A senhora já está no fim do terceiro mês.

Maria das Dores saiu do consultório toda tonta. Teve que parar num restaurante e tomar um café. Para conseguir entender.

O que é que estava lhe acontecendo? Grande angústia tomou-a. Mas saiu do restaurante mais calma.

Na rua, de volta para casa, comprou um casaquinho para o bebê. Azul, pois tinha certeza que seria menino. Que nome lhe daria? Só podia lhe dar um nome: Jesus.

Em casa encontrou o marido lendo jornal e de chinelos. Contou-lhe o que acontecia. O homem se assustou:

– Então eu sou São José?

– É, foi a resposta lacônica.

Caíram ambos em grande meditação.

Maria das Dores mandou a empregada comprar as vitaminas que a ginecologista receitara. Eram para o benefício de seu filho.

Filho divino. Ela fora escolhida por Deus para dar ao mundo o novo Messias.

Comprou o berço azul. Começou a tricotar casaquinhos e a fazer fraldas macias.

Enquanto isso a barriga crescia. O feto era dinâmico: dava-lhe violentos pontapés. Às vezes ela chamava São José para pôr a mão na sua barriga e sentir o filho vivendo com força.

São José então ficava com os olhos molhados de lágrimas. Tratava-se de um Jesus vigoroso. Ela se sentia toda iluminada.

A uma amiga mais íntima Maria das Dores contou a história abismante. A amiga também se assustou:

– Maria das Dores, mas que destino privilegiado você tem!

– Privilegiado, sim, suspirou Maria das Dores. Mas que posso fazer para que meu filho não siga a via crucis?

– Reze, aconselhou a amiga, reze muito.

E Maria das Dores começou a acreditar em milagres. Uma vez julgou ver de pé ao seu lado a Virgem Maria que lhe sorria. Outra vez ela mesma fez o milagre: o marido estava com uma ferida aberta na perna, Maria das Dores beijou a ferida. No dia seguinte nem marca havia.

Fazia frio, era mês de julho. Em outubro nasceria a criança.

Mas onde encontrar um estábulo? Só se fosse para uma fazenda do interior de Minas Gerais. Então resolveu ir à fazenda da tia Mininha.

O que lhe preocupava é que a criança não nasceria em vinte e cinco de dezembro.

Ia à igreja todos os dias e, mesmo barriguda, ficava horas ajoelhada. Como madrinha do filho escolhera a Virgem Maria. E para padrinho o Cristo.

E assim foi se passando o tempo. Maria das Dores engordara brutalmente e tinha desejos estranhos. Como o de comer uvas geladas. São José foi com ela para a fazenda. E lá fazia seus trabalhos de marcenaria.

Um dia Maria das Dores empanturrou-se demais – vomitou muito e chorou. E pensou: começou a via crucis de meu sagrado filho.

Mas parecia-lhe que se desse à criança o nome de Jesus, ele seria, quando homem, crucificado. Era melhor dar-lhe o nome de Emmanuel. Nome simples. Nome bom.

Esperava Emmanuel sentada debaixo de uma jabuticabeira. E pensava:

Quando chegar a hora, não vou gritar, vou só dizer: ai Jesus!

E comia jabuticabas. Empanturrava-se a mãe de Jesus.

A tia – a par de tudo – preparava o quarto com cortinas azuis. O estábulo estava ali, com seu cheiro bom de estrume e suas vacas.

De noite Maria das Dores olhava para o céu estrelado à procura da estrela-guia. Quem seriam os três reis magos? quem lhe traria incenso e mirra?

Dava longos passeios porque a médica lhe recomendara caminhar muito. São José deixara crescer a barba grisalha e os longos cabelos chegavam-lhe aos ombros.

Era difícil esperar. O tempo não passava. A tia fazia-lhes, para o café da manhã, brevidades que se desmanchavam na boca. E o frio deixava-lhes as mãos vermelhas e duras.

De noite acendiam a lareira e ficavam sentados ali a se esquentarem. São José arranjava para si um cajado. E, como não mudava de roupa, tinha um cheiro sufocante. Sua túnica era de estopa. Ele tomava vinho junto da lareira. Maria das Dores tomava grosso leite branco, com o terço na mão.

De manhã bem cedo ia espiar as vacas no estábulo. As vacas mugiam. Maria das Dores sorria-lhes. Todos humildes: vacas e mulher. Maria das Dores a ponto de chorar. Ajeitava as palhas no chão, preparando lugar onde se deitar quando chegasse a hora. A hora da iluminação.

São José, com seu cajado ia meditar na montanha. A tia preparava lombinho de porco e todos comiam danadamente. E a criança nada de nascer.

Até que numa noite, às três horas da madrugada, Maria das Dores sentiu a primeira dor. Acendeu a lamparina, acordou São José, acordou a tia. Vestiram-se. E com um archote iluminando-lhes o caminho, dirigiram-se através das árvores para o estábulo. Uma grossa estrela faiscava no céu negro.

As vacas, acordadas, ficaram inquietas, começaram a mugir.

Daí a pouco nova dor. Maria das Dores mordeu a própria mão para não gritar. E não amanhecia.

São José tremia de frio. Maria das Dores, deitada na palha, sob um cobertor, aguardava.

Então veio uma dor forte demais. Ai Jesus, gemeu Maria das Dores. Ai Jesus, pareciam mugir as vacas.

As estrelas no céu.

Então aconteceu.

Nasceu Emmanuel.

E o estábulo pareceu iluminar-se todo.

Era um forte e belo menino que deu um berro na madrugada.

São José cortou o cordão umbilical. E a mãe sorria. A tia chorava.

Não se sabe se essa criança teve que passar pela via crucis. Todos passam.

O HOMEM QUE APARECEU

ra sábado de tarde, por volta das seis horas. Quase sete. Desci e fui comprar coca-cola e cigarros. Atravessei a rua e dirigi-me ao botequim do português Manuel.

Enquanto eu esperava que me atendessem, um homem tocando uma pequena gaita se aproximou, olhou-me, tocou uma musiquinha e falou meu nome. Disse que me conhecera na Cultura Inglesa, onde só estudei na verdade dois ou três meses. Ele me disse:

– Não tenha medo de mim.

Respondi:

– Não estou com medo. Qual é o seu nome?

Ele respondeu com um sorriso triste, em inglês: o que importa um nome?

Disse a seu Manuel:

– Aqui só é superior a mim essa mulher porque ela escreve e eu não.

Seu Manuel nem piscou. E o homem estava completamente bêbedo. Apanhei as minhas compras e ia embora quando ele disse:

– Posso ter a honra de segurar a garrafa e o pacote de cigarros?

Entreguei minhas compras para ele. Na porta do meu edifício, peguei a coca-cola e os cigarros. Ele parado diante de mim. Então, achando seu rosto muito familiar, tornei a perguntar-lhe o nome.

– Sou Cláudio.

– Cláudio de quê?

– Ora essa, de que o quê? Eu me chamava Cláudio Brito...

– Cláudio! gritei eu. Oh, meu Deus, por favor suba comigo e venha para a minha casa!

– Que andar é?

Eu disse o número do apartamento e o andar. Ele disse que ia pagar a conta no botequim e que depois subia.

Em casa estava uma amiga. Contei-lhe o que me acontecera, disse-lhe: ele é capaz de não vir por vergonha.

Minha amiga disse: ele não vem, bêbedo esquece número de apartamento. E, se vier, não sairá mais daqui. Me avise para eu ir para o quarto e deixar vocês dois sozinhos.

Esperei – e nada. Estava impressionada pela derrota de Cláudio Brito. Desanimei e mudei de roupa.

Então tocaram a campainha. Perguntei através da porta fechada quem era. Ele disse: Cláudio. Eu disse: você espere aí sentado no banco do vestíbulo que eu abro já. Troquei de roupa. Ele era um bom poeta, Cláudio. Por onde andara esse tempo todo?

Entrou e foi logo brincando com o meu cachorro, dizendo que só os bichos o entendiam. Perguntei-lhe se queria café. Ele disse: só bebo álcool, há três dias que estou bebendo. Eu menti: disse-lhe que infelizmente não tinha nenhum álcool em casa. E insisti no café. Ele me olhou sério e disse:

– Não mande em mim.

Respondi:

– Não estou mandando, estou lhe pedindo para tomar café, tenho na copa uma garrafa térmica cheia de bom café. Ele disse que gostava de café forte. Eu lhe trouxe uma xícara de chá cheia de café, com pouco açúcar.

E ele nada de beber. E eu a insistir. Então ele bebeu o café, falando com o meu cachorro:

– Se você quebrar esta xícara vai apanhar de mim. Veja como ele me olha, ele me entende.

– Eu também entendo você.

– Você? a você só importa a literatura.

– Pois você está enganado. Filhos, famílias, amigos, vêm em primeiro lugar.

Olhou-me desconfiado, meio de lado. E perguntou:

– Você jura que a literatura não importa?

– Juro, respondi com a segurança que vem de íntima veracidade. E acrescentei: qualquer gato, qualquer cachorro vale mais do que a literatura.

– Então, disse muito emocionado, aperte minha mão. Eu acredito em você.

– Você é casado?

– Umas mil vezes, já não me lembro mais.

– Você tem filhos?

– Tenho um garoto de cinco anos.

– Vou lhe dar mais café.

Trouxe-lhe a xícara de novo quase cheia. Ele bebeu aos poucos. Disse:

– Você é uma mulher estranha.

– Não sou não, respondi, sou muito simples, nada sofisticada.

Ele me contou uma história em que entrava um tal de Francisquinho, que não entendi bem quem era. Perguntei-lhe:

– Em que é que você trabalha?

– Não trabalho. Sou aposentado como alcoólatra e doente mental.

– Você não tem nada de doente mental. Só que bebe mais do que devia.

Ele me contou que tinha feito a guerra do Vietnã. E que fora durante dois anos marinheiro. Que se dava muito bem com o mar. E seus olhos se encheram de lágrimas. Eu disse:

– Seja homem e chore, chore quanto quiser; tenha a grande coragem de chorar. Você deve ter muito motivo para chorar.

– E eu aqui, bebendo café e chorando...

– Não importa, chore e faça de conta que eu não existo.

Ele chorou um pouco. Era um belo homem, com barba por fazer e abatidíssimo. Via-se que havia fracassado. Como todos nós. Ele me perguntou se podia ler para mim um poema. Eu disse que queria ouvir. Ele abriu uma sacola, tirou de dentro um caderno grosso, pôs-se a rir, ao abrir as folhas.

Então leu o poema. Era simplesmente uma beleza. Misturava palavrões com as maiores delicadezas. Oh Cláudio – tinha eu vontade de gritar – nós todos somos fracassados, nós todos vamos morrer um dia! Quem? mas quem pode dizer com sinceridade que se realizou na vida? O sucesso é uma mentira.

Eu disse:

– É tão bonito o seu poema. Você tem outros?

– Tenho mais um, mas com certeza você está sendo importunada por mim. Com certeza você quer que eu vá embora.

– Não quero que você vá embora por enquanto. Aviso-lhe quando for a hora de você sair. Porque eu durmo cedo.

Ele procurou o poema nas páginas do caderno, não encontrou, desistiu. Disse:

– Eu sei um bocado de coisas de você. E até conheci o seu ex-marido.

Fiquei quieta.

– Você é bonita.

Fiquei quieta.

Eu estava muito triste. E sem saber o que fazer para ajudá-lo. É uma terrível impotência, essa de não saber como ajudar.

Ele me disse:

– Se eu um dia me suicidar...

– Você não vai se suicidar coisa alguma, interrompi-o. Porque é dever da gente viver. E viver pode ser bom. Acredite.

Quem só faltava chorar era eu.

Não havia nada que eu pudesse fazer.

Perguntei-lhe onde morava. Respondeu que tinha um apartamentozinho em Botafogo. Eu disse: vá para a sua casa e durma.

– Antes tenho que ver meu filho, ele está com febre.

– Como se chama seu filho?

Ele disse. Retruquei: tenho um filho com esse nome.

– Eu sei disso.

– Vou lhe dar um livro de história infantil que eu uma vez escrevi para os meus filhos. Leia alto para o seu.

Dei-lhe o livro, escrevi a dedicatória. Ele guardou o livro na sua espécie de maleta. E eu em desespero.

– Quer coca-cola?

– Você tem mania de oferecer café e coca-cola.

– É porque não tenho mais nada para oferecer.

À porta ele beijou minha mão. Acompanhei-o até o elevador, apertei o botão do térreo e lhe disse: vá com Deus, pelo amor de Deus.

O elevador desceu. Entrei em casa, fui fechando as luzes, avisei minha amiga que logo em seguida saiu, mudei de roupa, tomei um remédio para dormir – e me sentei na sala escura fumando um cigarro. Lembrei-me que Cláudio, há poucos minutos, tinha pedido o cigarro que eu estava fumando. Eu dei. Ele fumou. Ele também disse: um dia mato alguém.

– Não é verdade, eu não acredito.

Tinha me falado também num tiro de misericórdia que dera num cachorro que estava sofrendo. Perguntei-lhe se vira um filme chamado em inglês *They do kill horses, don't they?* e que em português se chamara *A noite dos desesperados*. Ele tinha visto, sim.

Fiquei fumando. Meu cachorro no escuro me olhava.

Isso foi ontem, sábado. Hoje é domingo, 12 de maio, Dia das mães. Como é que posso ser mãe para este homem? pergunto-me e não há resposta.

Não há resposta para nada.

Fui me deitar. Eu tinha morrido.

ELE ME BEBEU

É. Aconteceu mesmo.

Serjoca era maquilador de mulheres. Mas não queria nada com mulheres. Queria homens.

E maquilava Aurélia Nascimento. Aurélia era bonita e, maquilada, ficava deslumbrante. Era loura, usava peruca e cílios postiços. Ficaram amigos. Saíam juntos, essa coisa de ir jantar em boates.

Todas as vezes que Aurélia queria ficar linda ligava para Serjoca. Serjoca também era bonito. Era magro e alto.

E assim corriam as coisas. Um telefonema e marcavam encontro. Ela se vestia bem, era caprichada. Usava lentes de contato. E seios postiços. Mas os seus mesmos eram lindos, pontudos. Só usava os postiços porque tinha pouco busto. Sua boca era um botão de vermelha rosa. E os dentes grandes, brancos.

Um dia, às seis horas da tarde, na hora do pior trânsito, Aurélia e Serjoca estavam em pé junto do Copacabana Palace e esperavam inutilmente um táxi. Serjoca, de cansaço, encostara-se numa árvore. Aurélia impaciente. Sugeriu que dessem ao porteiro dez cruzeiros para que ele lhes arranjasse uma condução. Serjoca negou: era duro para soltar dinheiro.

Eram quase sete horas. Escurecia. O que fazer?

Perto deles estava Affonso Carvalho. Industrial de metalurgia. Esperava o seu Mercedes com chofer. Fazia calor, o carro era refrigerado, tinha telefone e geladeira. Affonso fizera quarenta anos no dia anterior.

Viu a impaciência de Aurélia que batia com os pés na calçada. Interessante essa mulher, pensou Affonso. E quer carro. Dirigiu-se a ela:

– A senhorita está achando dificuldade de condução?

– Estou aqui desde as seis horas e nada de um táxi passar e nos pegar! Já não aguento mais.

– Meu chofer vem daqui a pouco, disse Affonso. Posso levá-los a alguma parte?

– Eu lhe agradeceria muito, inclusive porque estou com dor no pé.

Mas não disse que tinha calos. Escondeu o defeito. Estava maquiladíssima e olhou com desejo o homem. Serjoca muito calado.

Afinal veio o chofer, desceu, abriu a porta do carro. Entraram os três. Ela na frente, ao lado do chofer, os dois atrás. Tirou discretamente o sapato e suspirou de alívio.

– Para onde vocês querem ir?

– Não temos propriamente destino, disse Aurélia cada vez mais acesa pela cara máscula de Affonso.

Ele disse:

– E se fôssemos ao Number One tomar um drinque?

– Eu adoraria, disse Aurélia. Você não gostaria, Serjoca?

– É claro, preciso de uma bebida forte.

Então foram para a boate, a essa hora quase vazia. E conversaram. Affonso falou de metalurgia. Os outros dois não entendiam nada. Mas fingiam entender. Era tedioso. Mas Affonso estava entusiasmado e, embaixo da mesa, encostou o pé no pé de Aurélia. Justo o pé que tinha calo. Ela correspondeu, excitada. Aí Affonso disse:

– E se fôssemos jantar na minha casa? Tenho hoje *escargots* e frango com trufas. Que tal?

– Estou esfaimada.

E Serjoca mudo. Estava também aceso por Affonso.

O apartamento era atapetado de branco e lá havia escultura de Bruno Giorgi. Sentaram-se, tomaram outro drinque e foram para a sala de jantar. Mesa de jacarandá. Garçom servindo à esquerda. Serjoca não sabia comer *escargots* e atrapalhou-se todo com os talheres especiais. Não gostou. Mas Aurélia gostou muito, se bem que tivesse medo de ter hálito de alho. Mas beberam champanha francesa durante o jantar todo. Ninguém quis sobremesa, queriam apenas café.

E foram para a sala. Aí Serjoca se animou. E começou a falar que não acabava mais. Lançava olhos lânguidos para o industrial. Este ficou espantado com a eloquência do rapaz bonito. No dia seguinte telefonaria para Aurélia para lhe dizer: o Serjoca é um amor de pessoa.

E marcaram novo encontro. Desta vez num restaurante, o Albamar. Comeram ostras para começar. De novo Serjoca teve dificuldade de comer as ostras. Sou um errado, pensou.

Mas antes de se encontrarem, Aurélia telefonou para Serjoca: precisava de maquilagem urgente. Ele foi à sua casa.

Então, enquanto era maquilada, pensou: Serjoca está me tirando o rosto.

A impressão era a de que ele apagava os seus traços: vazia, uma cara só de carne. Carne morena.

Sentiu mal-estar. Pediu licença e foi ao banheiro para se olhar ao espelho. Era isso mesmo que ela imaginara: Serjoca tinha anulado o seu rosto. Mesmo os ossos – e tinha uma ossatura espetacular – mesmo os ossos tinham desaparecido. Ele está me bebendo, pensou, ele vai me destruir. E é por causa do Affonso.

Voltou sem graça. No restaurante quase não falou. Affonso falava mais com Serjoca, mal olhava para Aurélia: estava interessado no rapaz.

Enfim, enfim acabou o almoço.

Serjoca marcou encontro com Affonso para de noite. Aurélia disse que não podia ir, estava cansada. Era mentira: não ia porque não tinha cara para mostrar.

Chegou em casa, tomou um longo banho de imersão com espuma, ficou pensando: daqui a pouco ele me tira o corpo também. O que fazer para recuperar o que fora seu? A sua individualidade?

Saiu da banheira pensativa. Enxugou-se com uma toalha enorme, vermelha. Sempre pensativa. Pesou-se na balança: estava com bom peso. Daí a pouco ele me tira também o peso, pensou.

Foi ao espelho. Olhou-se profundamente. Mas ela não era mais nada.

– Então – então de súbito deu uma bruta bofetada no lado esquerdo do rosto. Para se acordar. Ficou parada olhando-se. E, como se não bastasse, deu mais duas bofetadas na cara. Para encontrar-se.

E realmente aconteceu.

No espelho viu enfim um rosto humano, triste, delicado. Ela era Aurélia Nascimento. Acabara de nascer. Nas-ci-
-men-to.

POR ENQUANTO

omo ele não tinha nada o que fazer, foi fazer pipi. E depois ficou a zero mesmo.

Viver tem dessas coisas: de vez em quando se fica a zero. E tudo isso é por enquanto. Enquanto se vive.

Hoje me telefonou uma moça chorando, dizendo que seu pai morrera. É assim: sem mais nem menos.

Um dos meus filhos está fora do Brasil, o outro veio almoçar comigo. A carne estava tão dura que mal se podia mastigar. Mas bebemos um vinho rosé gelado. E conversamos. Eu tinha pedido para ele não sucumbir à imposição do comércio que explora o dia das mães. Ele fez o que pedi: não me deu nada. Ou melhor me deu tudo: a sua presença.

Trabalhei o dia inteiro, são dez para as seis. O telefone não toca. Estou sozinha. Sozinha no mundo e no espaço. E quando telefono, o telefone chama e ninguém atende. Ou dizem: está dormindo.

A questão é saber aguentar. Pois a coisa é assim mesmo. Às vezes não se tem nada a fazer e então se faz pipi.

Mas se Deus nos fez assim, que assim sejamos. De mãos abanando. Sem assunto.

Sexta-feira de noite fui a uma festa, eu nem sabia que era o aniversário do meu amigo, sua mulher não me dissera. Tinha muita gente. Notei que muitas pessoas se sentiam pouco à vontade.

Que faço? telefono a mim mesma? Vai dar um triste sinal de ocupado, eu sei, uma vez já liguei distraída para o meu próprio número. Como acordo quem está dormindo? como chamo quem eu quero chamar? o que fazer? Nada: porque é domingo e até Deus descansou. Mas eu trabalhei sozinha o dia inteiro.

Mas agora quem estava dormindo já acordou e vem me ver às oito horas. São seis e cinco.

Estamos no chamado "veranico de maio": grande calor. Meus dedos doem de tanto eu bater à máquina. Com a ponta dos dedos não se brinca. É pela ponta dos dedos que se recebem os fluidos.

Eu devia ter me oferecido para ir ao enterro do pai da moça? A morte seria hoje demais para mim. Já sei o que vou fazer: vou comer. Depois eu volto. Fui à cozinha, a cozinheira por acaso não está de folga e vai esquentar comida para mim. Minha cozinheira é enorme de gorda: pesa noventa quilos. Noventa quilos de insegurança, noventa quilos de medo. Tenho vontade de beijar seu rosto preto e liso mas ela não entenderia. Voltei à máquina enquanto ela esquentava a comida. Descobri que estou morrendo de fome. Mal posso esperar que ela me chame.

Ah, já sei o que vou fazer: vou mudar de roupa. Depois eu como, e depois volto à máquina. Até já.

Já comi. Estava ótimo. Tomei um pouco de rosé. Agora vou tomar um café. E refrigerar a sala: no Brasil ar-refrigerado não é um luxo, é uma necessidade. Sobretudo para pessoa que, como eu, sofre demais com o calor. São seis e meia. Liguei meu rádio de pilha. Para a Ministério de Educação. Mas que música triste! não é preciso ser triste para ser bem-educado. Vou convidar Chico Buarque, Tom Jobim e Caetano Veloso e que cada um traga a sua viola. Quero alegria, a melancolia me mata aos poucos.

Quando a gente começa a se perguntar: para quê? então as coisas não vão bem. E eu estou me perguntando para quê. Mas bem sei que é apenas "por enquanto". São vinte para as sete. E para que é que são vinte para as sete?

Nesse intervalo dei um telefonema e, para o meu gáudio, já são dez para as sete. Nunca na vida eu disse essa coisa de "para o meu gáudio". É muito esquisito. De vez em quando eu fico meio machadiana. Por falar em Machado de Assis, estou com saudade dele. Parece mentira mas não tenho nenhum livro dele em minha estante. José de Alencar, eu nem me lembro se li alguma vez.

Estou com saudade. Saudade de meus filhos, sim, carne de minha carne. Carne fraca e eu não li todos os livros. *La chair est triste.*

Mas a gente fuma e melhora logo. São cinco para as sete. Se me descuido, morro. É muito fácil. É uma questão do relógio parar. Faltam três minutos para as sete. Ligo ou não ligo a televisão? Mas é que é tão chato ver televisão sozinha.

Mas finalmente resolvi e vou ligar a televisão. A gente morre às vezes.

DIA APÓS DIA

hoje é dia 13 de maio. É dia da libertação dos escravos. Segunda-feira. É dia de feira livre. Liguei o rádio de pilha e tocavam o "Danúbio Azul". Fiquei radiante. Vesti-me, desci, comprei flores em nome daquele que morreu ontem. Cravos vermelhos e brancos. Como eu tenho repetido à exaustão, um dia se morre. E morre-se em vermelho e branco. O homem que morreu era um puro: trabalhava em prol da humanidade, avisando que a comida no mundo ia acabar. Restou Laura, sua mulher. Mulher forte, mulher vidente, de cabelos pretos e olhos pretos. Daqui a dias vou visitá-la. Ou pelo menos falar com ela ao telefone.

Ontem, dia 12 de maio, Dia das Mães, não vieram as pessoas que tinham dito que vinham. Mas veio um casal amigo e saímos para jantar fora. Melhor assim. Não quero mais depender de ninguém. Quero é o "Danúbio Azul". E não "Valsa Triste" de Sibellius, se é que é assim que se escreve o seu nome.

Desci de novo, fui ao botequim de seu Manoel para trocar as pilhas de meu rádio. Falei assim para ele:

– O senhor se lembra do homem que estava tocando gaita no sábado? Ele era um grande escritor.

– Lembro sim. É uma tristeza. É neurose de guerra. Ele bebe em toda a parte.

Fui embora.

Quando cheguei em casa uma pessoa me telefonou para dizer-me: pense bem antes de escrever um livro pornográfico, pense se isto vai acrescentar alguma coisa à sua obra. Respondi:

– Já pedi licença a meu filho, disse-lhe que não lesse meu livro. Eu lhe contei um pouco as histórias que havia escrito. Ele ouviu e disse: está bem. Contei-lhe que meu primeiro conto se chamava "Miss Algrave". Ele disse: "grave" é túmulo. Então lhe contei do telefonema da moça chorando que o pai morrera. Meu filho disse como consolo: ele viveu muito. Eu disse: viveu bem.

Mas a pessoa que me telefonou zangou-se, eu me zanguei, ela desligou o telefone, eu liguei de novo, ela não quis falar e desligou de novo.

Se este livro for publicado com *mala suerte* estou perdida. Mas a gente está perdida de qualquer jeito. Não há escapatória. Todos nós sofremos de neurose de guerra.

Lembrei-me de uma coisa engraçada. Uma amiga que tenho veio um dia fazer a feira aqui defronte de minha casa. Mas estava de short. E um feirante gritou-lhe:

– Mas que coxas! que saúde!

Minha amiga ficou danada da vida e disse-lhe:

– Vá dizer isso para aquela que o pariu!

O homem riu, o desgraçado.

Pois é. Sei lá se este livro vai acrescentar alguma coisa à minha obra. Minha obra que se dane. Não sei por que as pessoas dão tanta importância à literatura. E quanto ao meu nome? que se dane, tenho mais em que pensar.

Penso por exemplo na amiga que teve um quisto no seio direito e curtiu sozinha o medo até que, quase nas vésperas da operação, me disse. Ficamos assustadas. A palavra proibida: câncer. Rezei muito. Ela rezou. E felizmente era benigno, o marido dela me telefonou dizendo. No dia seguinte ela me telefonou contando que não passara de uma "bolsa de água". Eu lhe disse que de outra vez arranjasse uma bolsa de couro, era mais alegre.

Com a compra das flores e a troca de pilhas, estou sem um cruzeiro em casa. Mas daqui a pouco telefono para a farmácia, onde me conhecem, e peço que me troquem um cheque de cem cruzeiros. Assim se pode fazer a feira.

Mas sou sagitário e escorpião, tendo como ascendente aquarius. E sou rancorosa. Um dia um casal me convidou para almoçar no domingo. E no sábado de tarde, assim, à última hora, me avisaram que o almoço não podia ser porque tinham que almoçar com um homem estrangeiro muito importante. Por que não me convidaram também? por que me deixaram sozinha no domingo? Então me vinguei. Não sou boazinha. Não os procurei mais. E não aceitarei mais convite deles. Pão pão, queijo queijo.

Lembrei-me que numa bolsa eu tinha cem cruzeiros. Então não preciso mais telefonar para a farmácia. Detesto pedir favor. Não telefono para mais ninguém. Quem quiser que me procure. E vou me fazer de rogada. Agora acabou-se a brincadeira.

Vou daqui a duas semanas a Brasília. Pronunciar uma conferência. Mas – quando me telefonarem para marcar a data – vou pedir uma coisa: que não me festejem. Que tudo seja simples. Vou me hospedar num hotel porque assim me sinto à vontade. O ruim é que, quando leio uma conferência, fico tão nervosa que leio depressa demais e ninguém entende. Uma vez fui a Campos de táxi-aéreo e fiz uma conferência na universidade de lá. Antes me mostraram livros meus traduzidos para braille. Fiquei sem jeito. E na audiência havia cegos. Fiquei nervosa. Depois havia um jantar em minha homenagem. Mas não aguentei, pedi licença e fui dormir. De manhã me deram um doce chamado chuvisco que é feito de ovos e açúcar. Comemos em casa chuvisco durante vários dias. Gosto de receber presente. E de dar. É bom. Yolanda me deu chocolates. Marly me deu uma sacola de compras que é linda. Eu dei para a filha de Marly uma medalhinha de santo de ouro. A menina é esperta e fala francês.

Agora vou contar umas histórias de uma menina chamada Nicole. Nicole disse para o seu irmão mais velho, chamado Marco: você com esse cabelo comprido parece uma mulher. Marco reagiu com um violento pontapé porque ele é homenzinho mesmo. Então Nicole disse depressa:

– Não se incomode, porque Deus é mulher!

E, baixinho, sussurrou para a mãe: sei que Deus é homem, mas não quero apanhar!

Nicole disse para a prima, que estava fazendo bagunça na casa da avó: não faça isso, porque uma vez eu fiz e vovó me deu um soco que eu desmaiei. A mãe de Nicole soube disso, repreendeu-a. E contou a história para Marco. Marco disse:

– Isso não é nada. Uma vez Adriana fez bagunça na casa da vovó e eu lhe disse: não faça isso porque eu fiz isso uma vez e vovó me bateu tanto que dormi cem anos.

Eu não disse que hoje era dia de "Danúbio Azul"? Estou feliz, apesar da morte do homem bom, apesar de Cláudio Brito, apesar do telefonema sobre a minha desgraçada obra literária. Vou tomar café de novo.

E coca-cola. Como disse Cláudio Brito, tenho mania de coca-cola e de café.

Meu cachorro está coçando a orelha e com tanto gosto que chega a gemer. Sou mãe dele.

E preciso de dinheiro. Mas que o "Danúbio Azul" é lindo, é mesmo.

Viva a feira livre! Viva Cláudio Brito! (Mudei o nome, é claro. Qualquer semelhança é mera coincidência.) Viva eu! que ainda estou viva.

E agora acabei.

RUÍDO DE PASSOS

tinha oitenta e um anos de idade. Chamava-se dona Cândida Raposo.

Essa senhora tinha a vertigem de viver. A vertigem se acentuava quando ia passar dias numa fazenda: a altitude, o verde das árvores, a chuva, tudo isso a piorava. Quando ouvia Liszt se arrepiava toda. Fora linda na juventude. E tinha vertigem quando cheirava profundamente uma rosa.

Pois foi com dona Cândida Raposo que o desejo de prazer não passava.

Teve enfim a grande coragem de ir a um ginecologista. E perguntou-lhe envergonhada, de cabeça baixa:

– Quando é que passa?

– Passa o quê, minha senhora?

– A coisa.

– Que coisa?

– A coisa, repetiu. O desejo de prazer, disse enfim.

– Minha senhora, lamento lhe dizer que não passa nunca.

Olhou-o espantada.

– Mas eu tenho oitenta e um anos de idade!

– Não importa, minha senhora. É até morrer.

– Mas isso é o inferno!

– É a vida, senhora Raposo.

A vida era isso, então? essa falta de vergonha?

– E o que é que eu faço? ninguém me quer mais...

O médico olhou-a com piedade.

– Não há remédio, minha senhora.

– E se eu pagasse?

– Não ia adiantar de nada. A senhora tem que se lembrar que tem oitenta e um anos de idade.

– E... e se eu me arranjasse sozinha? o senhor entende o que eu quero dizer?

– É, disse o médico. Pode ser um remédio.

Então saiu do consultório. A filha esperava-a embaixo, de carro. Um filho Cândida Raposo perdera na guerra, era um pracinha. Tinha essa intolerável dor no coração: a de sobreviver a um ser adorado.

Nessa mesma noite deu um jeito e solitária satisfez-se. Mudos fogos de artifícios. Depois chorou. Tinha vergonha. Daí em diante usaria o mesmo processo. Sempre triste. É a vida, senhora Raposo, é a vida. Até a bênção da morte.

A morte.

Pareceu-lhe ouvir ruído de passos. Os passos de seu marido Antenor Raposo.

ANTES DA PONTE RIO-NITERÓI

ois é.

Cujo pai era amante, com seu alfinete de gravata, amante da mulher do médico que tratava da filha, quer dizer, da filha do amante e todos sabiam, e a mulher do médico pendurava uma toalha branca na janela significando que o amante podia entrar. Ou era toalha de cor e ele não entrava.

Mas estou me confundindo toda ou é o caso que é tão enrolado que se eu puder vou desenrolar. As realidades dele são inventadas. Peço desculpa porque além de contar os fatos também adivinho e o que adivinho aqui escrevo, escrivã que sou por fatalidade. Eu adivinho a realidade. Mas esta história não é de minha seara. É de safra de quem pode mais que eu, humilde que sou. Pois a filha teve gangrena na perna e tiveram que amputá-la. Essa Jandira, de dezessete anos, fogosa que nem potro novo e de cabelos belos, estava noiva. Mal o noivo viu a figura de muletas, toda alegre, alegria que ele não percebeu que era patética, pois bem, o noivo teve coragem de simplesmente desmanchar sem remorso o noivado, que aleijada ele não queria. Todos, inclusive a mãe sofrida da moça, imploraram ao noivo que fingisse ainda amá-la, o que – diziam-lhe – não era tão penoso porque seria a curto prazo: é que a noiva tinha vida a curto prazo.

E daí a três meses – como se cumprisse promessa de não pesar nas débeis ideias do noivo – daí a três meses morreu, linda, de cabelos soltos, inconsolável, com saudade do noivo, e assustada com a morte como criança tem medo do escuro: a morte é de grande escuridão. Ou talvez não. Não sei como é, ainda não morri, e depois de morrer nem saberei. Quem sabe se não tão escura. Quem sabe se é um deslumbramento. A morte, quero dizer.

O noivo, que se chamava pelo nome de família, o Bastos, ao que parece morava, ainda no tempo da noiva viva, morava com uma mulher. E assim com esta continuou, pouco ligando.

Bem. Essa mulher ardente lá um dia teve ciúmes. E era requintada. Não posso negligenciar detalhes cruéis. Mas onde estava eu, que me perdi? Só começando tudo de novo, e em outra linha e outro parágrafo para melhor começar.

Bem. A mulher teve ciúmes e enquanto Bastos dormia despejou água fervendo do bico da chaleira dentro do ouvido dele que só teve tempo de dar um urro antes de desmaiar, urro esse que podemos adivinhar que era o pior grito que tinha, grito de bicho. Bastos foi levado para o hospital e ficou entre a vida e a morte, esta em luta feroz com aquela.

A virago, chamada Leontina, pegou um ano e pouco de cadeia.

De onde saiu para encontrar-se – adivinhem com quem? pois foi encontrar-se com o Bastos. A essa altura um Bastos muito mirrado e, é claro, surdo para sempre, logo ele que não perdoara defeito físico.

O que aconteceu? Pois voltaram a viver juntos, amor para sempre.

Enquanto isto a menina de dezessete anos morta há muito tempo, só deixando vestígios na mãe desgraçada. E se me lembrei fora de hora da mocinha é pelo amor que sinto por Jandira.

Aí é que entra o pai dela, como quem não quer nada. Continuou sendo amante da mulher do médico que tratara de sua filha com devoção. Filha, quero dizer, do amante. E todos sabiam, o médico e a mãe da ex-noiva morta. Acho que me perdi de novo, está tudo um pouco confuso, mas que posso fazer?

O médico, mesmo sabendo ser o pai da mocinha amante de sua mulher, cuidara muito da noivinha espaventada demais com o escuro de que falei. A mulher do pai – portanto mãe da ex-noivinha – sabia das elegâncias adulterinas do marido que usava relógio de ouro no colete e anel que era joia, alfinete de gravata de brilhante. Negociante abastado, como se diz, pois as gentes respeitam e cumprimentam largamente os ricos, os vitoriosos, não é mesmo? Ele, o pai da moça, vestido com terno verde e camisa cor-de-rosa de listrinhas. Como é que sei? Ora, simplesmente sabendo, como a gente faz com a adivinhação imaginadora. Eu sei, e pronto.

Não posso esquecer um detalhe. É o seguinte: o amante tinha na frente um dentinho de ouro, por puro luxo. E cheirava a alho. Toda a sua aura era alho puro, e a amante nem ligava, queria era ter amante, com ou sem cheiro de comida. Como é que eu sei? Sabendo.

Não sei que fim levaram essas pessoas, não soube mais notícias. Desagregaram-se? pois é história antiga e talvez já tenha havido mortes entre elas, as pessoas. A escura, escura morte. Eu não quero morrer.

Acrescento um dado importante e que, não sei por quê, explica o nascedouro maldito da história toda: esta se passou em Niterói, com as tábuas do cais sempre úmidas e enegrecidas, e suas barcas de vaivém. Niterói é lugar misterioso e tem casas velhas, escuras. E lá pode acontecer água fervendo no ouvido de amante? Não sei.

O que fazer dessa história que se passou quando a ponte Rio-Niterói não passava de um sonho? Também não sei, dou-a de presente a quem quiser, pois estou enjoada dela. Demais até. Às vezes me dá enjoo de gente. Depois passa e fico de novo toda curiosa e atenta.

E é só.

PRAÇA MAUÁ

O cabaré na Praça Mauá se chamava "Erótica". E o nome de guerra de Luísa era Carla.

Carla era dançarina no "Erótica". Era casada com Joaquim que se matava de trabalhar como carpinteiro. E Carla "trabalhava" de dois modos: dançando meio nua e enganando o marido.

Carla era linda. Tinha dentes miúdos e cintura fininha. Era toda frágil. Quase não tinha seios mas tinha quadris bem torneados. Levava uma hora para se maquilar: depois parecia uma boneca de louça. Tinha trinta anos mas parecia muito menos.

Não tinha filhos. Joaquim e ela não se ligavam. Ele trabalhava até dez horas da noite. Ela começava a trabalhar exatamente às dez. Dormia o dia inteiro.

Carla era uma Luísa preguiçosa. Chegava de noite, na hora de se apresentar em público, começava a bocejar, tinha vontade de estar de camisola na sua cama. Era também por timidez. Por incrível que parecesse, Carla era uma Luísa tímida. Desnudava-se, sim, mas os primeiros momentos de dança e requebro eram de vergonha. Só "esquentava" minutos depois. Então se desdobrava, requebrava-se, dava tudo de si mesma. No samba é que era boa. Mas um blues bem romântico também a atiçava.

Era chamada a beber com os fregueses. Recebia comissão pela garrafa de bebida. Escolhia a mais cara. E fingia beber: não era de álcool. Fazia era o freguês se embebedar e gastar. Era tedioso conversar com eles. Eles a acariciavam, passavam as mãos pelos seus mínimos seios. E ela de biquíni cintilante. Linda.

De vez em quando dormia com um freguês. Pegava o dinheiro, guardava-o bem guardadinho no sutiã e no dia seguinte ia comprar roupas. Tinha roupas que não acabavam mais. Comprava *blue-jeans*. E colares. Uma multidão de colares. E pulseiras, anéis.

Às vezes, só para variar, dançava de *blue-jeans* e sem sutiã, os seios se balançando entre os colares faiscantes. Usava uma franjinha e pintava junto dos lábios delicados um sinal de beleza feito com lápis preto. Era uma graça. Usava longos brincos pendentes, às vezes de pérolas, às vezes de falso ouro.

Nos seus momentos de infelicidade socorria-se de Celsinho, um homem que não era homem. Entendiam-se bem. Ela lhe contava suas amarguras, queixava-se de Joaquim, queixava-se da inflação. Celsinho, um travesti de sucesso, ouvia tudo e aconselhava. Não eram rivais. Cada um tinha o seu parceiro.

Celsinho era filho de família nobre. Abandonara tudo para seguir a sua vocação. Não dançava. Mas usava batom e cílios postiços. Os marinheiros da Praça Mauá adoravam-no. E ele se fazia de rogado. Só cedia em última instância. E recebia em dólares. Investia o dinheiro trocado no câmbio negro no Banco Halles. Tinha muito medo de envelhecer e de ficar ao desamparo. E mesmo porque travesti velho era uma tristeza. Para ter força tomava diariamente dois envelopes de proteína em pó. Tinha quadris largos e, de tanto tomar hormônio, adquirira um fac-símile de seios. O nome de guerra de Celsinho era Moleirão.

Moleirão e Carla davam bom dinheiro ao dono do "Erótica". O ambiente enfumaçado e com cheiro de álcool. E a pista de dança. Era duro ser tirado para dançar por marinheiro bêbedo. Mas que fazer. Cada um tem o seu *métier*.

Celsinho tinha adotado uma meninazinha de quatro anos. Era-lhe uma verdadeira mãe. Dormia pouco para cuidar da menina. A esta não faltava nada: tinha tudo do bom e do melhor. E uma babá portuguesa. Aos domingos Celsinho levava Claretinha ao Jardim Zoológico, na Quinta da Boa Vista. E ambos comiam pipocas. E davam comida aos macacos. Claretinha tinha medo dos elefantes. Perguntava:

– Por que é que eles têm nariz tão grande?

Celsinho então contava uma história fantástica onde entravam fadas más e fadas boas. Ou então levava-a ao circo. E chupavam balas barulhentas, os dois. Celsinho queria para Claretinha um futuro brilhante: casamento com homem de fortuna, filhos, joias.

Carla tinha um gato siamês que a olhava com olhos azuis e duros. Mas Carla mal tinha tempo de cuidar do bicho: ora estava dormindo, ora dançando, ora fazendo compras. O gato se chamava Leléu. E tomava leite com sua linguinha vermelha e fina.

Joaquim mal via Luísa. Recusava-se a chamá-la de Carla. Joaquim era gordo e baixo, descendente de italianos. Quem lhe tinha dado o nome de Joaquim fora uma vizinha portuguesa. Chama-se Joaquim Fioriti. Fioriti? de flor não tinha nada.

A empregada de Joaquim e Luísa era uma negra espevitada que roubava quanto podia. Luísa mal comia, para manter a forma. Joaquim ensopava-se de *minestroni*. A empregada sabia de tudo mas mantinha bico calado. Era encarregada de limpar as joias de Carla com Brasso e Silvo. Quando Joaquim estava dormindo e Carla trabalhando, essa empregada, por nome Silvinha, usava as joias da patroa. E tinha uma cor preta meio cinzenta.

Foi assim que aconteceu o que aconteceu.

Carla estava fazendo confidências a Moleirão, quando foi chamada para dançar por um homem alto e de ombros largos. Celsinho cobiçava-o. E roeu-se de inveja. Era vingativo.

Quando a dança acabou e Carla voltou a sentar-se junto de Moleirão, este mal se continha de raiva. E Carla inocente. Não tinha culpa de ser atraente. E o homem grandalhão bem que lhe agradara. Disse para Celsinho:

– Com este eu ia para a cama sem cobrar nada.

Celsinho calado. Eram quase três horas da madrugada. O "Erótica" estava cheio de homens e de mulheres. Muita mãe de família ia lá para se divertir e ganhar um dinheirinho.

Então Carla disse:

– É tão bom dançar com um homem de verdade.

Celsinho pulou:

– Mas você não é mulher de verdade!

– Eu? como é que não sou? espantou-se a moça que nesta noite estava vestida de preto, um vestido longo e de mangas compridas, parecia uma freira. Fazia isso de propósito para excitar os homens que queriam mulher pura.

– Você, vociferou Celsinho, não é mulher coisa alguma! Nem ao menos sabe estalar um ovo! E eu sei! eu sei! eu sei!

Carla virou Luísa. Branca, perplexa. Tinha sido atingida na sua feminilidade mais íntima. Perplexa, olhando para Celsinho que estava com cara de megera.

Carla não disse uma palavra. Ergueu-se, esmagou o cigarro no cinzeiro e, sem explicar a ninguém, largando a festa no seu auge, foi embora.

Ficou de pé, de preto, na Praça Mauá, às três horas da madrugada. Como a mais vagabunda das prostitutas. Solitária. Sem remédio. Era verdade: não sabia fritar um ovo. E Celsinho era mais mulher que ela.

A praça estava às escuras. E Luísa respirou profundamente. Olhava os postes. A praça vazia.

E no céu as estrelas.

A LÍNGUA DO "P"

maria Aparecida – Cidinha, como a chamavam em casa – era professora de inglês. Nem rica nem pobre: remediada. Mas vestia-se com apuro. Parecia rica. Até suas malas eram de boa qualidade.

Morava em Minas Gerais e iria de trem para o Rio, onde passaria três dias, e em seguida tomaria o avião para Nova Iorque.

Era muito procurada como professora. Gostava da perfeição e era afetuosa, embora severa. Queria aperfeiçoar-se nos Estados Unidos.

Tomou o trem das sete horas para o Rio. Frio que fazia. Ela com casaco de camurça e três maletas. O vagão estava vazio, só uma velhinha dormindo num canto sob o seu xale.

Na próxima estação subiram dois homens que se sentaram no banco em frente ao banco de Cidinha. O trem em marcha. Um homem era alto, magro, de bigodinho e olhar frio, o outro era baixo, barrigudo e careca. Eles olharam para Cidinha. Esta desviou o olhar, olhou pela janela do trem.

Havia um mal-estar no vagão. Como se fizesse calor demais. A moça inquieta. Os homens em alerta. Meu Deus, pensou a moça, o que é que eles querem de mim? Não tinha resposta. E ainda por cima era virgem. Por que, mas por que pensara na própria virgindade?

Então os dois homens começaram a falar um com o outro. No começo Cidinha não entendeu palavra. Parecia brincadeira. Falavam depressa demais. E a linguagem pareceu-lhe vagamente familiar. Que língua era aquela?

De repente percebeu: eles falavam com perfeição a língua do "p". Assim:

– Vopocêpê reperaparoupou napa mopoçapa boponipitapa?

– Jápá vipi tupudopo. Épé linpindapa. Espestápá nopo papapopo.

Queriam dizer: você reparou na moça bonita? Já vi tudo. É linda. Está no papo.

Cidinha fingiu não entender: entender seria perigoso para ela. A linguagem era aquela que usava, quando criança, para se defender dos adultos. Os dois continuaram:

– Queperopo cupurrapar apa mopoçapa. Epe vopocêpê?

– Tampambémpém. Vapaipi serper nopo tupunelpel.

Queriam dizer que iam currá-la no túnel... O que fazer? Cidinha não sabia e tremia de medo. Ela mal se conhecia. Aliás nunca se conhecera por dentro. Quanto a conhecer os outros, aí então é que piorava. Me socorre, Virgem Maria! me socorre! me socorre!

– Sepe repesispistirpir popodepemospos mapatarpar epelapa.

Se resistisse podiam matá-la. Era assim então.

– Compom umpum pupunhalpal. Epe roupoubarpar epelapa.

Matá-la com um punhal. E podiam roubá-la.

Como lhes dizer que não era rica? que era frágil, qualquer gesto a mataria. Tirou um cigarro da bolsa para fumar e acalmar-se. Não adiantou. Quando seria o próximo túnel? Tinha que pensar depressa, depressa, depressa.

Então pensou: se eu me fingir de prostituta, eles desistem, não gostam de vagabunda.

Então levantou a saia, fez trejeitos sensuais – nem sabia que sabia fazê-los, tão desconhecida ela era de si mesma – abriu os botões do decote, deixou os seios meio à mostra. Os homens de súbito espantados.

– Tápá dopoipidapa.

Está doida, queriam dizer.

E ela a se requebrar que nem sambista de morro. Tirou da bolsa o batom e pintou-se exageradamente. E começou a cantarolar.

Então os homens começaram a rir dela. Achavam graça na doideira de Cidinha. Esta desesperada. E o túnel?

Apareceu o bilheteiro. Viu tudo. Não disse nada. Mas foi ao maquinista e contou. Este disse:

– Vamos dar um jeito, vou entregar ela pra polícia na primeira estação.

E a próxima estação veio.

O maquinista desceu, falou com um soldado por nome de José Lindalvo. José Lindalvo não era de brincadeira. Subiu no vagão, viu Cidinha, agarrou-a com brutalidade pelo braço, segurou como pôde as três maletas, e ambos desceram.

Os dois homens às gargalhadas.

Na pequena estação pintada de azul e rosa estava uma jovem com uma maleta. Olhou para Cidinha com desprezo. Subiu no trem e este partiu.

Cidinha não sabia como se explicar ao polícia. A língua do "p" não tinha explicação. Foi levada ao xadrez e lá fichada. Chamaram-na dos piores nomes. E ficou na cela por três dias. Deixavam-na fumar. Fumava como uma louca, tragando, pisando o cigarro no chão de cimento. Tinha uma barata gorda se arrastando no chão.

Afinal deixaram-na partir. Tomou o próximo trem para o Rio. Tinha lavado a cara, não era mais prostituta. O que a preocupava era o seguinte: quando os dois haviam falado em currá-la, tinha tido vontade de ser currada. Era uma descarada. Epe sopoupu upumapa puputapa. Era o que descobrira. Cabisbaixa.

Chegou ao Rio exausta. Foi para um hotel barato. Viu logo que havia perdido o avião. No aeroporto comprou a passagem.

E andava pelas ruas de Copacabana, desgraçada ela, desgraçada Copacabana.

Pois foi na esquina da rua Figueiredo Magalhães que viu a banca de jornal. E pendurado ali o jornal *O Dia*. Não saberia dizer por que comprou.

Em manchete negra estava escrito: "Moça currada e assassinada no trem."

Tremeu toda. Acontecera, então. E com a moça que a desprezara.

Pôs-se a chorar na rua. Jogou fora o maldito jornal. Não queria saber dos detalhes. Pensou:

– Épé. Opo despestipinopo épé impimplaplacápávelpel.

O destino é implacável.

MELHOR DO QUE ARDER

ra alta, forte, cabeluda. Madre Clara tinha buço escuro e olhos profundos, negros.

Entrara no convento por imposição da família: queriam vê-la abrigada no seio de Deus. Obedeceu.

Cumpria suas obrigações sem reclamar. As obrigações eram muitas. E havia as rezas. Rezava com fervor.

E se confessava todos os dias. Todos os dias a hóstia branca que se desmanchava na boca.

Mas começou a se cansar de viver só entre mulheres. Mulheres, mulheres, mulheres. Escolheu uma amiga como confidente. Disse-lhe que não aguentava mais. A amiga aconselhou-a:

– Mortifique o corpo.

Passou a dormir na laje fria. E fustigava-se com silício. De nada adiantava. Pegava gripes fortes, ficava toda arranhada.

Confessou-se ao padre. Ele mandou que continuasse a se mortificar. Ela continuou.

Mas na hora em que o padre lhe tocava a boca para dar a hóstia tinha que se controlar para não morder a mão do padre. Este percebia, nada dizia. Havia entre ambos um pacto mudo. Ambos se mortificavam.

Não podia mais ver o corpo quase nu do Cristo.

Madre Clara era filha de portugueses e, secretamente, raspava as pernas cabeludas. Se soubessem, ai dela. Contou ao padre. Este ficou pálido. Imaginou que suas pernas deviam ser fortes, bem torneadas.

Um dia, na hora do almoço, começou a chorar. Não explicou por que a ninguém. Nem ela sabia por que chorava.

E daí em diante vivia chorando. Apesar de comer pouco, engordava. Mas tinha olheiras arroxeadas. Sua voz, quando cantava na igreja, era contralto.

Até que disse ao padre no confessionário:

– Não aguento mais, juro que não aguento mais!

Ele disse meditativo:

– É melhor não casar. Mas é melhor casar do que arder.

Pediu uma audiência com a superiora. A superiora repreendeu-a ferozmente. Mas Madre Clara foi firme; queria sair do convento, queria achar um homem, queria casar-se. A superiora pediu-lhe que esperasse mais um ano. Respondeu que não podia, que tinha que ser já.

Arrumou sua pequena bagagem e deu o fora. Foi morar num pensionato de moças.

Seus cabelos negros cresciam fartos. E parecia aérea, sonhadora. Pagava a pensão com o dinheiro que a família nortista lhe mandava. A família não se conformava. Mas não podiam deixá-la morrer de fome.

Ela mesma fazia os seus vestidinhos de pano barato, numa máquina de costura que uma jovem do pensionato lhe emprestara. Os vestidos de manga comprida, sem decote, abaixo do joelho.

E nada acontecia. Rezava muito para que alguma coisa boa lhe acontecesse. Em forma de homem.

E aconteceu mesmo.

Foi ao botequim comprar uma garrafa de água Caxambu. O dono era um guapo português que se encantou com os modos discretos de Clara. Não quis que ela pagasse a água Caxambu. Ela corou.

Mas voltou no dia seguinte para comprar cocada. Também não pagou. O português, por nome de Antônio, criou coragem e convidou-a a ir ao cinema com ele. Ela negaceou.

No dia seguinte voltou para tomar um cafezinho. Antônio lhe prometeu que não a tocaria se fossem ao cinema juntos. Aceitou.

Foram os dois ver um filme e não prestaram nele a mínima atenção. No fim do filme, estavam de mãos dadas.

Passaram a se encontrar para longos passeios. Ela, com os seus cabelos pretos. Ele de terno e gravata.

Então uma noite ele lhe disse:

– Sou rico, o botequim dá bastante dinheiro para nós nos casarmos. Queres?

– Quero, respondeu grave.

Casaram-se na igreja e no civil. Na igreja quem os casou foi o padre que lhe dissera que era melhor casar do que arder. Foram passar a ardente lua de mel em Lisboa. Antônio deixou o botequim entregue aos cuidados do irmão.

Ela voltou grávida, satisfeita, alegre.

Tiveram quatro filhos, todos homens, todos cabeludos.

MAS VAI CHOVER

aria Angélica de Andrade tinha sessenta anos. E um amante, Alexandre, de dezenove anos. Todos sabiam que o menino se aproveitava da riqueza de Maria Angélica. Só Maria Angélica não suspeitava.

Começou assim: Alexandre era entregador de produtos farmacêuticos e tocou a campainha da casa de Maria Angélica. Esta mesma abriu a porta. E deparou-se com um jovem forte, alto, de grande beleza. Em vez de receber o remédio que encomendara e pagar o preço, perguntou-lhe, meio assustada com a própria ousadia, se não queria entrar para tomar um café.

Alexandre espantou-se e disse que não, obrigado. Mas ela insistiu. Acrescentou que tinha bolo também.

O rapaz hesitava, visivelmente constrangido. Mas disse:

– Se for por pouco tempo, entro, porque tenho que trabalhar.

Entrou. Maria Angélica não sabia que já estava apaixonada. Deu-lhe uma grossa fatia de bolo e café com leite. Enquanto ele comia pouco à vontade, ela embevecida o olhava. Ele era a força, a juventude, o sexo há muito tempo abandonado. O rapaz acabou de comer e beber, e enxugou a boca com a manga da camisa. Maria Angélica não achou que fossem maus modos: ficou deliciada, achou-o natural, simples, encantador.

– Agora vou embora que meu patrão vai me deixar grilado se eu demorar.

Ela estava fascinada. Observou que ele tinha umas poucas espinhas no rosto. Mas isso não lhe alterava a beleza e a masculinidade: os hormônios lá ferviam. Aquele, sim, era um homem. Deu-lhe uma gorjeta enorme, desproporcional, que surpreendeu o rapaz. E disse com uma vozinha cantante e com trejeitos de mocinha romântica:

– Só deixo você sair se prometer que voltará! Hoje mesmo! Porque vou pedir uma vitaminazinha na farmácia...

Uma hora depois ele estava de volta com as vitaminas. Ela havia mudado de roupa, estava com um quimono de renda transparente. Via-se a marca de suas calcinhas. Mandou-o entrar. Disse-lhe que era viúva. Era o modo de lhe avisar que era livre. Mas o rapaz não entendia.

Convidou-o a percorrer o bem decorado apartamento deixando-o embasbacado. Levou-o a seu quarto. Não sabia como fazer para que ele entendesse. Disse-lhe então:

– Deixe eu lhe dar um beijinho!

O rapaz se espantou, estendeu-lhe o rosto. Mas ela alcançou bem depressa a boca e quase a devorou.

– Minha senhora, disse o menino nervoso, por favor se controle! A senhora está passando bem?

– Não posso me controlar! Eu te amo! Venha para a cama comigo!

– Tá doida?!

– Não estou doida! Ou melhor: estou doida por você! gritou-lhe enquanto tirava a coberta roxa da grande cama de casal.

E vendo que ele nunca entenderia, disse-lhe morta de vergonha:

– Venha para a cama comigo...

– Eu?!

– Eu lhe dou um presente grande! Eu lhe dou um carro!

Carro? Os olhos do rapaz faiscaram de cobiça. Um carro! Era tudo o que desejava na vida. Perguntou desconfiado:

– Um karmann-ghia?

– Sim, meu amor, o que você quiser!

O que se passou em seguida foi horrível. Não é necessário saber. Maria Angélica – oh, meu Deus, tenha piedade de mim, me perdoe por ter que escrever isto! – Maria Angélica dava gritinhos na hora do amor. E Alexandre tendo que suportar com nojo, com revolta. Transformou-se num rebelado para o resto da vida. Tinha a impressão de que nunca mais ia poder dormir com uma mulher. O que aconteceria mesmo: aos vinte e sete anos ficou impotente.

E tornaram-se amantes. Ele, por causa dos vizinhos, não morava com ela. Quis morar num hotel de luxo: tomava café na cama. E logo abandonou o emprego. Comprou camisas caríssimas. Foi a um dermatologista e as espinhas desapareceram.

Maria Angélica mal acreditava na sua sorte. Pouco se importava com as criadas que quase riam na sua cara.

Uma amiga sua advertiu-lhe:

– Maria Angélica, você não vê que o rapaz é um pilantra? que está explorando você?

– Não admito que você chame Alex de pilantra! E ele me ama!

Um dia Alex teve uma ousadia. Disse-lhe:

– Vou passar uns dias fora do Rio com uma garota que conheci. Preciso de dinheiro.

Foram dias horríveis para Maria Angélica. Não saiu de casa, não tomou banho, mal se alimentou. Era por teimosia que ainda acreditava em Deus. Porque Deus a abandonara. Ela era obrigada a ser penosamente ela mesma.

Cinco dias depois ele voltou, todo pimpão, todo alegre. Trouxe-lhe de presente uma lata de goiabada cascão. Ela foi comer e quebrou um dente. Teve que ir ao dentista para pôr um dente falso.

E a vida corria. As contas aumentavam. Alexandre exigente. Maria Angélica aflita. Quando fez sessenta e um anos de idade ele não apareceu. Ela ficou sozinha diante do bolo de aniversário.

Então – então aconteceu.

Alexandre lhe disse:

– Preciso de um milhão de cruzeiros.

– Um milhão? espantou-se Maria Angélica.

– Sim!, respondeu irritado, um bilhão antigo!

– Mas... mas eu não tenho tanto dinheiro...

– Venda o apartamento, então, e venda o seu Mercedes, dispense o chofer.

– Mesmo assim não dava, meu amor, tenha piedade de mim!

O rapaz enfureceu-se:

– Sua velha desgraçada! sua porca, sua vagabunda! Sem um bilhão não me presto mais para as suas sem-vergonhices!

E, num ímpeto de ódio, saiu batendo a porta de casa.

Maria Angélica ficou ali de pé. Doía-lhe o corpo todo.

Depois foi devagar sentar-se no sofá da sala. Parecia uma ferida de guerra. Mas não havia Cruz Vermelha que a socorresse. Estava quieta, muda. Sem palavra nenhuma a dizer.

– Parece – pensou – parece que vai chover.

POSFÁCIO
MUDOS FOGOS DE ARTIFÍCIO

No parágrafo de abertura de "O corpo", conto que integra esta antologia, Clarice Lispector anota sobre seu personagem: "Foi ver *O último tango em Paris* e excitou-se terrivelmente. Não compreendeu o filme: achava que se tratava de um filme de sexo. Não descobriu que aquela era a história de um homem desesperado."

Anunciado como o primeiro volume de histórias eróticas escrito por Clarice Lispector, *A via crucis do corpo*, de certo modo, traía o marketing de sua editora. À semelhança do filme de Bernardo Bertolucci de 1972, a antologia de Clarice, publicada dois anos depois, tampouco era um livro sobre sexo. Ainda que entre seus protagonistas figurem Miss Algrave, puritana que perde a virgindade com um alienígena; Maria Angélica, viúva que se envolve com um jovem entregador de farmácia; ou dona Cândida, octogenária em busca de conselhos para livrar-se do que chama de "vertigem de viver", suas histórias parecem tecer-se em torno da solidão de seus personagens. Em lugar do desfrute, o impedimento moral, íntimo; ao invés do deleite, a vergonha e a culpa – é através do isolamento físico, existencial, que Clarice constrói sua literatura supostamente erótica. Como se fosse possível, numa certa medida, reencontrar as protagonistas de seus contos nucleares, a maioria produzida na década de 1950: como se Laura, Ana, Cordélia (personagens centrais de "A imitação da rosa", "Amor", "Feliz aniversário" – alguns de seus trabalhos mais importantes), ressurgissem finalmente livres de seus papéis sociais. As esposas, mães e donas de casa que povoaram os contos reunidos em *A legião estrangeira* e *Laços de família*, 25 anos mais tarde, reaparecem viúvas, desquitadas, filhos criados. E mais: em meio a tamanha liberdade, descobrem-se presas a uma nova amarra. Como vivenciar a própria sexualidade aos 60, 70, 80 anos? Como conjugar desejo e prazer com o status de senhoras respeitáveis? Como existir em uma sociedade que precocemente as aposenta, estabelecendo para a mulher um prazo de validade?

Numa década marcada pela revolução dos costumes, a instituição casamento progressivamente dava sinais de cansaço, e a liberação sexual surgia no Brasil a reboque da popularização da pílula. É nesse cenário que Clarice Lispector publica a sua *via crucis*. Era o ano de 1974. Clarice havia se separado nos anos 1960 e vivia sozinha. Seus filhos, a essa altura, já não moravam em casa.

Em meio a um punhado de contos, cujos enredos de teor erótico parecem algo em desacordo com a voz discreta, até mesmo ingênua, de quem os narra, surgem nesta *Via crucis* pequenas crônicas ou relatos do cotidiano de Clarice:

"Trabalhei o dia inteiro, são dez para as seis. O telefone não toca. Estou sozinha. (...) Que faço? Telefono a mim mesma? Vai dar um triste sinal de ocupado, eu sei, uma vez já liguei distraída para meu próprio número."

Em comum com os demais contos da antologia, a solidão e o isolamento físico, parcamente minimizado por televisão, rádio, telefone. É este retrato da mulher de meia-idade (Clarice contava 54 anos à época) que parece interligar cada uma das histórias.

É importante ainda que se diga que alguns dos contos do livro parecem fugir à regra: em "O corpo", por exemplo, é um *ménage à trois* que domina a cena. Assim como em "Praça Mauá", onde uma travesti e uma prostituta disputam o mesmo homem. De todo modo, as aventuras eróticas dos personagens não se traduzem propriamente em êxtase, ou júbilo. É a própria Clarice quem, na introdução, faz a ressalva: "Este livro é um pouco triste porque eu descobri, como criança boba, que este é um mundo cão."

Presa a uma espécie de encruzilhada existencial íntima: há que se afirmar o próprio corpo, desejo, sexualidade – mas para Clarice esta pareça ser uma construção árdua, delicada. Como apontara antes, em *Uma aprendizagem ou O livro dos prazeres*, de 1969:

"Ela conhecia o mundo dos que estão sofridamente à cata de prazeres e não sabiam esperar que eles viessem sozinhos. E era tão trágico: bastava olhar numa boate, à meia-luz, os outros: era a busca do prazer que não vinha de si mesmo. (...) Nela a busca do prazer, nas vezes que tentara, lhe tinha sido água ruim: colava a boca e sentia a bica enferrujada, de onde escorriam dois ou três pingos de água amornada: era a água seca."

A busca por uma ética, uma integridade nas relações onde corpo e alma não apareçam apartados, mutuamente excluídos, norteia sua obra, e, nesse sentido, compreender *A via crucis do corpo* como a principal produção erótica de Clarice Lispector parece improcedente. É com os dedos, as mãos, os olhos, a boca, a língua, o nariz, que Clarice escreve. É afirmando o corpo como objeto que sonda, perscruta, goza e adivinha. Escrita em carne viva, nervos expostos. Desde *Perto do coração selvagem*, seu primeiro romance, de 1944, onde Joana, pré-adolescente, emerge da banheira: "(...) os seios pequenos brotaram da água. (...) Move o longo pescoço de um a outro lado, inclina a cabeça para trás – a relva é sempre fresca, alguém vai beijá-la (...) Alisa a cintura, os quadris, sua vida." Assim como em *A paixão segundo G.H.*, de 1964 (para muitos, seu livro mais importante): "As pessoas põem a ideia de pecado em sexo. Mas como é inocente e infantil esse pecado. (...) amor é a experiência de um perigo de pecado maior." E ainda em *Um sopro de vida*, sua obra póstuma, de 1978: "Oh Deus poderoso (...) me perdoe existir em gozo tão luxuriante e sensual da absorção dos miasmas do corpo a corpo. (...) Meus desejos são baixos? ai de mim, que tenho infeliz corpo insatisfeito."

Talvez a mais tímida incursão de Clarice Lispector no universo erótico, *A via crucis do corpo* foi alvo de ataques por parte da crítica especializada. Como se, ao atender a encomenda que lhe fora feita por seu editor, Álvaro Pacheco, Clarice tivesse se curvado a um gênero literário menor: "Um crítico disse que o livro era lixo, sujo, indigno de mim", declara em uma entrevista.

Na década de 1970, embora gozasse de amplo reconhecimento no Brasil e na América Latina, Clarice estava longe de poder se dar ao luxo de viver exclusivamente de seus direitos autorais. Acumulava, àquela altura, as funções de tradutora, entrevistadora, e até mesmo alguns cargos públicos. Um ano antes da publicação de *A via crucis do corpo* havia perdido o emprego como cronista do *Jornal do Brasil*, o que contribuía para debilitar ainda mais sua situação financeira. Cogitava, volta e meia, colocar à venda os bons quadros que tinha em casa: Scliar, Ceschiatti, De Chirico haviam feito retratos dela.

De todo modo, ainda que seja importante considerar a luta de Clarice para manter-se como escritora e mulher independente, separada, há que se levar em conta seu temperamento de "tímida ousada" – como ela própria se definia. Ao aceitar o convite de Álvaro Pacheco, mais do que movida pela preocupação com sua eterna instabilidade econômica, é provável que Clarice tenha sido igualmente levada pela vontade de subverter a separação entre a alta e a baixa literatura: "Qualquer gato, qualquer cachorro, vale mais do que a literatura", anota em uma das crônicas que fazem parte de *A via crucis do corpo*; para logo adiante arrematar: "Sei lá se esse livro vai acrescentar alguma coisa à minha obra. (...)Não sei por que as pessoas dão tanta importância à literatura. E quanto ao meu nome? que se dane, tenho mais em que pensar."

Prêmios, homenagens, resenhas literárias – essa é a verdade – sempre pairaram longe de seus interesses. Clarice seguramente conhecia o risco que estava assumindo ao escrever sobre um casal de lésbicas assassinas, uma freira libidinosa, e uma senhora que encontra na masturbação o único prazer possível, como "mudos fogos de artifício".

Nos anos 1940, com a publicação de seu primeiro romance, Clarice Lispector chacoalhara a cena literária nacional ao questionar as relações de gênero: foi ela a primeira a problematizar as expectativas em torno do papel social da mulher, acenando para novas possibilidades relacionadas a seu modo de estar no mundo. Três décadas e meia depois, com *A via crucis do corpo*, Clarice voltava à carga, trazendo para o centro de sua ficção não apenas o jogo erótico – mas o erotismo silenciado, envergonhado, negado, da mulher na terceira idade.

Ainda que atendendo à encomenda que lhe fora feita de modo algo impulsivo (os contos foram praticamente escritos em um único fim de semana, como ela relata na introdução da obra), com a publicação de *A via crucis do corpo* Clarice retomava seu projeto feminino, libertário. Projeto que escoaria para além dos limites do livro que fora a ela incumbido. Em *Onde estivestes de noite*, publicado em seguida, Clarice retoma a questão, ousando descer ainda mais fundo:

"(...) emaranhada naquele poço fundo e mortal, na revolução do corpo. (...) E tudo fora de época, fruto fora de estação? Por que as outras velhas nunca lhe tinham avisado que até o fim isso podia acontecer? Nos homens velhos bem vira olhares lúbricos. Mas nas velhas não. Fora de estação. E ela viva como se ainda fosse alguém, ela que não era ninguém."

É nesse sentido que tanto *A via crucis do corpo* quanto *Onde estivestes de noite* podem ser lidos como um projeto comum: como registro de uma época onde a própria Clarice se avizinhava da terceira idade e, novamente com seu corpo, nos dava seu testemunho. Por onde ela seguiria, se houvesse continuado? Em que águas ainda mais fundas mergulharia se não tivesse morrido um par de anos depois, aos 56 anos?

Em conversa com seu psicanalista, Jacob David Azulay, para o ensaio biográfico que publiquei em 2003 (*Era uma vez: eu – a não ficção na obra de Clarice Lispector*), ele me dissera: